길을 가다가 휴대전화를 받다

열린시학 시인선 52

길을 가다가 휴대전화를 받다

양곡시집

고요아침

　글을 쓴다는 것은 살아가면서 말로는 다하지 못하는 일들 때문일 것입니다. 곰곰 생각해보면 어쩔 도리가 없었던 일들뿐입니다. 허겁지겁 살아온 3년간의 삶을 정리하려고 마음을 먹은 것은 변화가 꼭 필요하다고 생각해서입니다.

　책으로 읽고 이야기로 듣기만 했던 베트남과는 어처구니없게 만나서 헤어졌고, 조금은 낭만적이고 조금은 유토피아적인 생각들은 백두산 등정을 두 번 하고, 북쪽을 한 번 다녀오고 나니 나름대로 정리가 되어버렸습니다.

　여기에 담은 저의 노래가, 늘 그렇듯이 주위에서 알게 모르게 저를 도와주시고, 저 때문에 손해를 입게 되는 목숨들에게 조금이라도 도움이 될 수만 있다면 얼마나 즐거운 일이겠습니까?

　앞으로는 희망에 대해서 탐색하고 희망을 위해서 정진하려 합니다.

푸르름을 더해가는
지리산 아래서
양곡

■ 차례

제4부

제5부

제6부

제1부

나의 비밀

불혹을 넘긴 나는 아직도
이쁜 여자만 보면 침 질질 흘리며 살연애나 생각하는
치한이다
한 잔 차를 마시다가도 문득 바람소리에 마음이 홀려
실패한 첫사랑을 기억해내는
센티멘털리스트다

씨알도 안 먹히는 한 줄 시를 쓴답시고
푸른 하늘 아래 서서
시창작법을 강의하는가 하면
흰 와이셔츠에 붉은 넥타이로 가녀린 목을 감싸
낮 동안 밥벌이를 하기도 하지만
마음속은 늘 쓰레기더미다

문화예술진흥을 위해서라며 군의회 의원을 만나고
불법어로환경 감시를 위해서 경찰간부를 만난 날
저녁이 되면
경찰도 아니고 의회 의원도 아닌 나의 길은

걸으면 걸을수록 비틀거린다

어두운 골목길을 꺾어 들어
오래되어 조금은 쓸쓸한 추억 속의 내 유년과
아득하기 만한 안개 속의 내일을 불빛 찾듯 헤치며
칙칙한 삶의 욕망들이 쥐떼처럼 우글대는
나의 집으로
걸으면 걸을수록 나의 길은 비틀거린다

맑고 순하고 아린

맑고 순하고 착해서 민들레 꽃씨 같은
아가의 솜털 같은
새근새근 잠자는 봄날 보료 속의
강아지 새끼 같은
양지쪽 돌담 아래 봄 볕살을 쬐고 있는 병아리 같은
이제 막 햇살을 받아 두 손 펴고 있는
새싹들 같은
꿈이
그리움이
사랑이
맑고 순하고 착해서
아린 아픔 같은

삶이
나에게도 있었네

물레

호롱불을 밝혀 놓고
밤 새워 물레를 돌렸다

할아버지는 나의 첫돌이 되자마자
다른 세상으로 가셨고
오일장을 다니시는 아버지가 며칠 째 기별이 없는 집을
물레가 지켰다

할머니와 어머니는
자주 삐거덕거렸다

실타래처럼
나는 하얀
아침을 맞이하곤 했다

사설조辭說調

아직도 포장이 안 된 먼지 풀풀 날리는 자갈길
시골 정류소
부-웅 마을의 정적 깨우며 막버스는 떠나는데
차창 밖에 어머니 차창 안에 까까머리 아들
눈물 글썽이며 손만 흔드는데

세월이 흘러 포장된 아스팔트 그 길가 그 정류소
머리카락 길게 늘어뜨린 남과 여
차창을 사이에 두고
손바닥 맞부비며 헤어지고 있는데

성춘향과 이도령의 이별은
이러했을까

차창에 '사랑해' 라고 글자라도 새기면
사라진 낭만은 살아올까
차창의 안과 밖
밖과 안 유리창을 사이에 두고
두 손바닥은 지금 한창 열을 내고 있는데,

덕산德山 장날

입춘 지난해는 점점 길어져
한낮에는 앞이마가 따뜻해지는 하루였다
십리나 시오리 길을 새벽같이 걸어
오일장에 온 사람들 벌써
돼지국밥 한 그릇 막걸리 한 사발로
붉게 저무는 하루치의 산그늘을 아쉬워했다
하루해는 그래도 채워야한다는 듯 장바닥을
어슬렁거리는 남정네들
투전판이나 어물전 근방으로 몰려다니기도 하고
아낙네들 튀밥이나 건어물 같은 것들 머리에 이고
이미 불콰해진 남정네들 찾아
주막이나 국수집의 여기저기
기웃대기도 했다
해 지기 전에 서둘러야 할 장짐을 꾸려
집으로 돌아가는 걸음발을 내딛어야 할
설밑의 대목장날이었다

갈대

만조로 출렁대던 푸르른 날들
어느덧 가고
그 바닷가 그 파도소리 뜨거움만 남아
허리를 꺾네
그대가 나를 사랑했던가
내가 그대를 사랑했던가

축제의 별빛으로 온 몸을 갈아엎던
불면의 밤들은 어느덧 가고
그 마을 그 바람소리 그리움만 남아
서걱이고 있네
내가 그대를 사랑했던가
그대가 나를 사랑했던가

증명사진 몇 장

근 십여 년 만에
증명사진을 몇 장 찍었다
이마에 있던 주름살이
눈가로 자리를 옮겼다
그 동안 내가 걸어온 발자국이다
길가 풀섶에 맺히는 이슬같이
삶은 잠시 눈가에 머물다가 이내
귓가의 새치로 한 발짝씩 옮기고 있다
창밖은 벌써 가을이 한창이고
곧 세상은
눈발 펄럭이는 겨울을 맞으리라
근 십여 년 만에 찍은
증명사진 몇 장에서
성큼 성큼 다가서는 삶의
겨울을 본다

기러기

가는구나, 기러기
어디라 말하지 않고
서리 서리 무서리
논바닥 발자국 남겨놓고
살얼음 살얼음
덕천강에 비단처럼 펼쳐놓고
얼어붙은 쪽빛 하늘
기러기 기러기
날아가는구나

법계사에서 2
— ○○거사

주지스님이 외출하고 안 계시면
이 절의 주인은
양 볼이 움푹 패인 ○○거사

시도 때도 없이 산문을 들락거리는
중생의 무리들

일일이 챙겨주고
또 일일이 간섭을 하고

하, 산다는 일은
이렇게도 말 많고
일 많은 법이러니

난중일기亂中日記 1

— 丁酉 六月 初一日庚申 '雨雨... 暮投丹船地 晉州地境... 朴好元農奴家... 而宿房不好... 艱難過夜...'

몸은 쑤시고 어머니는 그립다

가야할 길은 아직도 백리 넘게 남았는데

어둠 짙어 발목을 붙잡는다

유월 초하루 비는 갈수록 거세게 퍼붓고

진주와 단성의 경계境界 박호원朴好元의 농사짓는

종僕의 집에 몸을 던진다

생각해 보면 지금까지 걸어온 길은 꿈길 같다

누구를 탓하지도 않고 누구를 원망하지도 않는다

가야할 길을 나아 갈 따름이다

죄인罪人을 등에 싣고 가끔씩 울먹이는 말馬 한 마리

손발처럼 갈피없이 마음 흔들리는 노복奴僕들이

쉰 두해 동안 살아 온 삶의 전부다

길은 언제나 어머니를 생각하는 쪽으로 나 있고

아는 것이 죄罪인 바대로 나라 지키는 일에 몸을 바친다

오늘밤은 장대비와 더불어 하룻밤을 지샌다

가야할 길은 이미 하늘에 있고

삶이 그러하듯 죽음 또한 새로운 것은 없을 것

권율 도원수權慄 都元帥를 만나기까지에는 아직도
백리 넘게 길은 남았는데
가다가 목숨이 다하는 날이 올지라도
나는 나의 길을 가야한다
몸은 아파도 마음은 한결 밝아져 온다

봄비 또는 밤비

봄비는 봄에 와서 봄비
밤비는 밤에 와서 밤비

밤에 오는 봄비는 밤비
봄에 오는 밤비는 봄비

봄비는 밤에 와도 봄비
밤비는 봄에 와도 밤비

밤에 오는 봄비는 봄비
봄에 오는 밤비는 밤비

제2부

목련꽃 한 그루

언제까지 이렇게 살거냐?고
겨울 내내
언제까지 이렇게 살아야 하느냐?고
언제까지나 이렇게 살 수 있을 것 같냐?고

그대 치근대는
아침 뜨락

벙그는 목련꽃
한 그루

베트남 풍경

집집마다 붉은 깃발 펄럭이며
사람들 살고 있네
생긴 모습 세상에 데쳐낸 듯
조금은 삶이 피곤한 듯
화장을 하지 않는 여자들
차가 오든 오토바이가 지나가든
양말을 신지 않는 사람들
구두도 넥타이도 필요로 않는 사람들
참 속내를 알 수 없는 사람들
내일도 어제도 생각하지 않고
어제도 오늘도 걱정하지 않는 사람들
집집마다 붉은 깃발 꽂아놓고
하루를 맞고 하루를 보내는
사람들 그냥 살고 있네

다리橋

사람들이 사람들에게로 가고 있네
누군가로부터 내팽개쳐진 삶
온 몸으로 그림자 끌며 밀며
뜨거운 가슴 애써 옷깃 여미며
어떤 이로부터 실패한 하루가
우산을 접어든 채 레인코트 깃을 세우며
한 목숨이 한 목숨에게로
불빛 하나가 불빛 하나에게로
흐르는 강물 하염없이 쳐다보기도 하면서
하루에도 몇 번씩 마음 속 죽음과의 교감
슬픔은 저마다 속울음 삼키며 사람들이
다리를 건너 사람들이 살고 있는
마을로 가고 있네

낙타駱駝의 외출

빌딩 숲 사이 낙타가 걷고 있다
비교적 인적 뜸한 시간
가로수 그림자가 바람에 흔들리는 오후 한 때
외출 중인 낙타의 발길
종일토록 언어言語에 지친 사무원들
관심의 대상이다
고향이 그리운 듯
고향이 어디인지?
고향으로 돌아가고 싶은 듯 느리고 힘없는 발걸음
낙타는
사람들의 상상 속에서 사막의 날들을
꽃 피우기도 하고 때론 모래알로 흩날릴 뿐
오늘을 헤아릴 수 없다
행인들 어쩌다가 낙타를 힐끗 쳐다보기도 하고
어떤 이는 낙타의 삶을 궁금해 하다가 마침내
산 속으로 들어가거나 그 보다는 더 깊은
산사山寺로 찾아 들어 일평생
면벽참선으로 의문을 탐하기도 하지만 도시의 빌딩

숲 속을
  어슬렁거리는 낙타의 지금을
  그 누구도 알아낸 적은 없다
  겨울의 하늘 겨울의 땅만
  스산한 낙타의 하루를 지키고 있을 뿐,

북소리

살아서는 못다 한 말씀들을
그렇게 울면서 전합니까

살이란 살
뼈란 뼈
모두 다 속절없는 사람들에게 나눠주고

거죽만 남아 풀, 나무로 치장한 무덤처럼
활활 불타오르는 한 생애를
나더러 또
어떻게 보고
어떻게 들으란 말씀입니까

정원 대보름날 저녁
달집을 태우는
타작마당에 서서

밤길

심야버스는 지금
대전 - 통영간 고속도로를 달리고 있다

사람들 사이에 살고 있는
그 사람에게로 달려가
나도 불빛이 되어
사랑하며
사랑 받으며
살고 싶은 것이다

가을에는

가을에는
이 나라 어디에도 숨을 데가 없구나
웃음 같은 것들
눈물 같은 것들
온 산하를 술 마신 듯 무지갯빛으로 물들이고
아프고도 잇몸이 시린 것들
그리운 얼굴 같은 토란이나 호두 같은 것들도
맨 몸을 드러내는구나
서릿발 같이 서릿발 같이 되살아나는
삶의 가난한 아름다움이여 진실 같은 것들도
온통 푸른 하늘로 드러나는구나
세상은 맞불을 싸지르고
단풍으로나
노을로나
환장하게 환장하게
지리산 덕천강 한 구비에서 육자배기로 목을 꺾는구나
아무래도 이 나라 가을은
눈물 같은 것들

웃음 같은 것들을
숨길 수가 없구나

상추쌈을 위하여

봄날 텃밭에다 상추씨를 뿌렸다
낮 동안 집을 비워야하는 나는
대문열쇠를 아예 집주인에게 맡긴 채 봄날을 지냈다
바람과 햇빛의 정성으로 곱게 자란 상추는
주인댁의 손끝을 거쳐 가끔 나 혼자만의 식탁에 오른다
삼겹살과 마늘과 풋고추와 된장으로 어우러진
내 삶의 한 끼 식사는
이럴 때 축제처럼 풍성하다 풍성한
식사이므로 세상과는 화해다 용서다
참는 것이다 결국은 모두 다 참는 것이다
상추쌈을 와삭와삭 씹으며 나는
직장 상사와의 불편했던 관계를 생각하기도 하고
한 여자의 무척 닳아버린 샌들 뒷굽을
기억해내기도 하고
봄날이 오기도 전에 이승을 떠나버린 어머니의 짧았던
겨울 병실에서의 시간들을 헤아려 보기도 한다
텃밭에 상추씨를 뿌려놓고
손 한 번 쓰지 못한 채 아무런 대책 없이
나의 봄날은 지금 여름을 맞고 있다

박제剝製된 참새

우리 큰고모 여든 살
박제剝製된 참새 같다
창원시립 치매요양병원 305호실
손. 발을 묶인 채
뽀얀 얼굴 앙상한 몸
하늘을 날아다니는 한 마리 참새
일제강점기 때는 치마저고리를 입은 채 고향산천
지리산자락을 잘도 누비셨다더니
팔자에 없는 딸 아들 두어
누나는 시집을 가 딸 하나와 함께
지금은 마산 어시장 근처에서 횟집살이를 하고
아들은 대학생 때 부마항쟁에서 정신을 잃어
결국은 창녕 부곡 어딘가의 정신요양원에 있다
새아재께서 북망산천으로 가신지 삼 년
이제는 역사로 묻혀버린 삶을
송두리째 꿈속에서 마저 지워버리며
이따금 찾아오는 사람들의 기억 속을
한 마리 참새처럼 묶인 손. 발로

병실 안을 날아다니는 우리 큰고모
젊어서는 고향산천 지리산자락을
치마저고리를 입고서도 잘도 날아다니셨다더니…

낡은 사랑 또는 이별을 위하여

더 이상 마음의 거리를 스스로 좁히지 말 것
늘 적당한 거리를 두고 바라보는 꽃처럼
계절이 바뀌어도
꽃은 꽃으로만 바라보고
가로수는 가로수로만 바라다볼 것

부잣집 정원이나 공공기관의 화단
아파트 베란다 같은 곳으로 옮겨진 들꽃은
절대로 마음에는 담지 말 것
은행나무는 언제나 암 수 따로의 은행나무일 뿐
들꽃은 어디에 가도 들꽃일 뿐

낡은 사랑을 사랑하기 위하여
이별을 이별이게 하기 위하여

지심도 동백꽃

한없이 지극하고 볼 일이다
다들 힘겹게 땅 위를 걸어가는 사람아
우리들 아낌없이 헐벗은 마음
봄날 햇살 받아 지심도只心島에 이르면
가슴 속 깊이 쟁여둔 아픔
어느새 동백꽃으로 피었다가 벌써 지기도 하고
아직도 남아 있는 외로움은 더러
시방도 동백꽃으로 무진장 피어나고 있는 것을
지심도 동백꽃 보러 갈 때는 사람아
우선 지극하고 볼 일이다
사랑이면 아름다운 이승의 사랑
이별이면 부질없이 그립기만 한
저승으로 떠난 사람과의 애끓는 이별
섬마저 안쓰러이 마음을 닮아
간절한 그리움 지극하다보면
동백꽃은 바닷바람에 시나브로 쓸리어
밤하늘 별빛으로 피어나기도 하고
밤바다 같이 파도치는 슬픔은
어느덧 동백꽃잎에 닿아서는
알알이 영롱한 이슬방울로도 맺히느니

제3부

왕야난王娅楠을 위하여

-심양瀋陽과 연길涓吉 사이

사랑은 마음만으로도 이루어지는 것인가?

불같은 정열

서로에게 전하지 못하고

꽃 같은 마음

서로가 서로를 알지 못하고

밤기차는 저마다의 보석 같은 삶을 싣고 대륙을 질주

하는데

기적소리 헐떡이며 무지막지 미친 듯 달아나고 있는데

마침내 아침이 오면

두 가닥 철길처럼 우리는 헤어져야 하나니

서로가 서로에게

언어로는 더 이상 다가가지 못하고

헤매이는

눈빛

눈빛

사랑은 마음만으로도 이루어지는 것인가?

백두산 가는 길에

그야말로 첩첩산중인데
이곳에도 사람들은 살고 있구나
코 있고 입 있고
팔, 다리 있어 말 하고 숨 쉬고
밥 먹고 일 하는 사람들
남자는 여자를 믿고
여자는 남자를 믿어 서로 사랑하는 사람들
장뇌삼 몇 뿌리 들고 관광버스에 까지 올라와
사달라며 값이 싸다며 애걸복걸 마음을 조르는 저물
무렵
열사흘 달빛은 벌써 너와지붕을 비추는데
집집마다 굴뚝마다 저녁연기를 피워 올리는
이 첩첩산중에서도 사람들은
지가 할 일 지가 알아서 다 하며
저렇게 한 생애를 살아내고 있구나

출항

기적소리 울리며 나는 가네
갈매기 끼룩끼룩 날아오르는
뱃길
파도가 산을 만드는
파도가 산을 허무는
길
물보라가 길을 막는
물보라가 길을 여는
삶의 길
나는 가네
기적소리 울리며
끼룩끼룩 갈매기 소리치는
뱃길
나는 떠나가네

천관산天冠山 장천재長川齋

한 세상 이곳에서 놀다 가고 싶다
버릴 것 죄다 강물에 던져버리고
찬란한 이 꽃무데기 속에 누워
동백의 순림 속에 늘편히 나자빠져
밤늦도록 별빛이나 헤아리다가
한 세상 밤이슬이나 맞다가

아무래도 나는
신선이 되기에는 이승에서는 글렀고
굽이굽이 천관산 동박새 한 마리로 찾아 들어
장천재에 들러
턱 하니 막걸리나 한 사발 받아 놓고
떨어지는 동백꽃잎이나 무한정 헤아리고 싶다

* 천관산 장천재 : 존재存齋 위백규魏伯珪(1727~1798) 선생이 생전에 머물
렀던 곳.

향일암向日庵 동백꽃

말갛게 정신을 비운

겨울의 끝

사랑도 팔고 사는

뒷골목 지나

막다른 해안가

적막한 삶의 관음觀音

피를 토하는

동백꽃 파도

봄밤

700년 묵었다는 원정매元正梅

폈다

지고

곁가지 아들 매화도

폈다 지고

황사를 몰고 다니던 하늘

번갯불 번쩍이더니

이따금 빗방울 뿌려대기도 하더니

휴대전화를 받지 않는 사람과의

끝없는 교신

달콤한 기억처럼

휴식처럼 봄밤은

짧다

*원정매(분양매汾陽梅) : 경남 산청군 단성면 남사리 원정공元正公 하즙河
楫이 700년 전에 심었다는 매화, 그 옆에 곁가지가 둘인데, 한 가지는 원래
나무에서 돋아난 것이고, 또 하나는 씨앗이 뿌리 아래로 떨어져 난 것임.

사랑을 잃고 나는 우네

사랑을 잃고 나는 우네

안개 속에서

길을 잃고 나그네처럼

젖은 머리카락 손으로 빗질하며

나는 우네

그대가 남긴 손수건 한 장

호주머니 속에서 만지작거리며

집 잃은 아이처럼

길 위에 서서 나는 우네

길을 가다가 문득 그대 생각에

사랑을 잃은 내가

오늘은 우네

그대와 함께 걷던 그 길을 혼자 걸으며

오늘은 내가 우네

정취암淨趣庵 소견所見

대성산大聖山 꼭대기 벼랑에다
부처님을 모셨다

이런 저런 인연들이
드나들 때마다
수완스님의 가사장삼이 펄럭거렸다

동해바닷가 낙산사에
햇살 내리는 아침이 오면

대성산 꼭대기 벼랑에
정취보살이 환하다

미당문학관
— 2008년 6월 7일

괜찮다 괜찮다하며
사람들을 맞이하고 있데
건너편 국화꽃 산등성이에서는
복분자 열매들이 더러
낮잠에 든 시인의 얼굴로 웃고 있데
외갓집 마당까지 밀려와 꿈길을 적셨다던
서해 바닷물도
소요산이 물끄러미 지키고 서 있는
초록의 땅붙이들처럼
갈매기인지 해오라기인지
눈이 침침해 잘은 모르겠다하면서도
자꾸만
괜찮다 괜찮다
하늘로 솟구치고 있데

* 땅붙이들 : 땅에 몸을 붙이고 사는 뭇 목숨들.

법계사에서 3

— ○○총무

안경알 속에서 반짝이는 눈동자
○○총무는
짬 없이 걸려오는 세속의 전화를 붙들고
이리저리 통화가능지역을 찾아다니지
어휴, 사바세계의 사람들과는
통화하기가 힘이 들어
끊어질듯 이어질듯
인연의 끈 길게 늘어뜨리고,

또 산수유꽃이 핀다

벌써 봄 오는가
또 산수유꽃 핀다
그대 거닐던 발자국
잔설殘雪은 아직 남았는데
그대 쉬었던 자리
산천재 앞마당에
산수유꽃 핀다
겨울 다 가기 전
벌써 봄 오는가
그대 향한 그리움 같이
붉은 열매 몇 개 매단 채 산수유
꽃은 또 피고
지난 가을에 떠난 그대
산수유꽃 피면
다시 돌아 올 수 있을까?

제4부

자화상 自畵像

나이 오십에도 하늘의 소리를 듣지 못해
혼자 살고 있다
선善과 성聖을 찾는 정신은 늘
단물 빠진 외로움을 질겅질겅 껌 씹으며
경제와 문화가 소용돌이치는 저자거리에서
가을하늘처럼 살기에는 아직은
너무 젊다고 한다
바람이 불면 바람이 지난 뒤끝을 생각하고
비가 오는 날에는
비가 오기 전의 일기日氣에 대해 생각한다
어떤 이는 이를 두고 내가 미쳤다고도 하고
어떤 이는 나를 보고 조금은 덜 떨어진 놈이라고도
하나
비틀거리는 삶을 바꾸기에는 이미
너무 늦었다고 한다

죽는 날까지 사람으로 남아
주어진 길을 사람의 모습으로 살아갈 따름이다

덕천강 6
— 겨울엽서

이러다가
나 그만
죽고 말겠네

꽃
그리다가

봄날
그리다가

아,
통일의 그 날

그리고 그리다가
나 또한
죽고 말겠네

덕천강 7

마음속에 강 하나 흐르고 있나니

봄
여름
가을
겨울

마음속에 강 하나 흐르고 있나니

그 집

고양이 두 마리가
발자국소리에 놀라 후다닥 바깥으로 도망을 치던 집
어성초魚腥艸가 낮고 허물어진 화단을 나와
집안을 어슬렁어슬렁 걸어 다니던 집
한낮인데도 이따금 누군가가 찾아왔다는 듯
전등이 켜져 있기도 하던 집
밤이 되면 더 더욱 캄캄해
아무도 찾아들지 않던 집
뎅그렇게 건물만 거미줄로 얼기설기 엮어져
바람을 맞고 바람을 날려 보내던 집
하얀 고무신 몇 켤레가 빈 방 앞 섬돌마다에서
가까스로 햇빛을 모으고 있던 집
누가 살다가 왜 떠나갔는지?
사람이 왜 다시 살지 않는지?
도통 알고 싶지도 않고 묻고 싶지도 않던 집
고양이 두 마리가 졸고 있던 마당에는
나뭇잎 몇 장이 흘러와 쓸쓸히
겨울이 오는 길목을 조용히 일러주던

그

집

상강霜降 무렵

그냥 조용히 살아가라는 듯
나더러
그냥 말없이 살다가 해 지면 어둠이 되고
바람 불면 바람에 묻히라는 듯
그대는 어느 강 언덕 양지쪽으로 달아나
지금쯤 향기로운 꽃을 심고 있는지
아니면 다시 또 여름날 무지개로나 피어나길 꿈꾸고
있는지
아니다아니다
속절없이 세상을 떨구는 저 오동잎 몇 장
여기여기 하염없이 나뒹구는 낙과落果 몇 알로
가슴 미어지는 가을 내내 지리산 덕천강 어느 한 어
귀에 서서
나더러 목을 놓아 한바탕 울어보라고
그대는 또
한 해의 겨울을 이 땅에 툭툭 던지고 있는가

서늘한 기억

이 세상 모든 목숨들은 다 그렇게 살아간다고
나에게 시퍼런 칼날로 일러주듯
마치 아무 일도 없었다는 듯
그렇게 살아가시라며
절벽을 뛰어내리는 개구리처럼
총에 맞아 허공을 낙하하는 새들같이
캄캄한 기억을 건너는
그대여
침묵으로만 말을 하는
모오든 이 세상 목숨들처럼
우리네 삶은 당연히 그럴 것이라는 듯
지난밤에는 아무 일도 없었다는 듯
아침을 맞는 사랑도 이별이듯
이별도 사랑이듯
저녁답이면 서해바다로 떨어지는 태양 같은
희망처럼 나는,

우리 오늘 이렇게 모인 까닭은

—한국민족예술인총연합회 진주시지부 주최 제1회 민족예술축전
〈평등, 평화 그 아름다운 세상〉에 붙여

오늘 우리 이렇게 모여

물같이 흐르는 까닭은

언젠가는 그대가

이 땅에 올 것을 믿기 때문입니다

우리 오늘 이렇게

흙으로 모여 힘을 합치는 까닭은

그대가 언젠가는

성큼성큼 걸어서 이 땅에 올 것을 믿기 때문입니다

오늘 우리가

불처럼 바람처럼 모여

춤을 추며 노래를 부르는 까닭은

그대가 언젠가는 이 땅에

환하게 웃으며 와야 한다고 믿기 때문입니다

물과 흙

불과 바람이 만나

뛰고 달리고 노래하고 춤을 추는 까닭은

그대가

꼭 오고야말 우리들의 님이라 믿기 때문이고

그대를 꼭 만나야할 우리들은
또한 그대의 님이라 굳게 믿기 때문입니다

쌀

우리가 우리의 노래를
힘차게 부르던 시절이 있었다
황사바람 부는 미친 봄날에도
희망의 꽃들을 땅 위로 내어보내듯
오뉴월 땡볕 아래 논바닥에 서서도
푸른 그리움의 모를 고개 빳빳하게 키워내는
고결한 정신은
노동의 신성한 땀방울로
언제나 숭고하게 영글었다 우리가
저자거리의 어느 후미진 골목에 자리할 지라도
반짝반짝 순백의 빛을 내던 시절이
우리에게도 있었다
우리의 노래를 힘차게
우리가 부르던 시절이 있었다

꿈

술에 취해 한반도에 살고 있는 사람의 일로써 꿈을
꾼다 꼭 승용차가 아니어도 좋은 트럭을 끌고 단숨에
휴전선을 넘어 원산 청진 나진 두만강 건너 시베리아
벌판을 말 달린다 눈발을 갈기처럼 흩날리는 눈 덮인
러시아의 아름다움이여 오마샤리프의 콧수염처럼 자
작나무들은 삐죽삐죽 서 있고 콧수염에 서리는 하얀
얼음발들 라라의 노래가 정적으로 흐르고 유리 지바고
아 나는 얼어붙은 닥터 지바고 술에 취해,

마당 청소를 하다가

보기에 그저 눈에 거슬린다는 이유 하나만으로
널브러진 쓰레기들을 모조리 폐기처분하려 하는
깔끔한 나의 생각에도
늘 잘못은 있다

담배꽁초, 빵봉지, 찢어진 종잇조각, 누군가의 콧물,
눈물이 묻은 채 심하게 구겨진 화장지 뭉치들

　— 지금은 망가져 힘없이 나뒹구는 기계의 부속품들
처럼, 아니면 경로당이나 노인병원 같은 곳에 가면 흔
히 만날 수 있는 요양 중인 노인들 같은, 그 보다는 더
산청복음전문요양원 같은 곳에서 불길하지만 우연히
만나는 우리들의 미래들 같은, 이것도 아니면 낮고 구
석진 곳으로만 보란 듯이 몰려다니는 낙엽들 같은, 아
니면 지하도에서 흔히 보는 웅크리고 있는 노숙자들같
이 아침마다 마당 가득한 이 쓰레기들도, 한때는 저마
다의 몫을 탄탄한 몸으로 자리를 지키며 자의든 타의
든 사람의 배를 불리기 위해 이리 뛰고 저리 뛰고 한 사

람을 사랑하기 위해 기꺼이 목숨을 바치기로 맹세도
하고 때론 한 사람의 외로움이나 슬픔, 아픔을 위로하
기 위해 밤잠 설쳐가며 속을 까맣게 태우기도 하며 한
평생 그 누군가를 위해 그 무엇을 위해 온갖 정성을 힘
껏 쏟았을 것이다 —

　어느 가난한 자식이 가진 것이 없어
　날마다 부모님의 손. 발을 주물러 드리는 아침
　거칠기 짝이 없는 내 생각의 손길은
　빗자루를 들고 와 무데기로 마당을 쓸어내는
　나의 하루로
　쓰레기더미가 쌓이는 키만큼의 빌딩이나 탑처럼
　높아만 가고
　언제나 하늘은 맑다

경칩驚蟄

겨울 동안 밀린 빨래를
빨랫줄에 햇살로 널어놓는 오후 2시

떠난 사람아
행복하시라

마을 노인들은 오랜만에 경로당 방문을 열어젖힌 채
마루에 나앉아 며칠 전에 세상을 떠난 아랫마을 정씨
영감에 대해 이야기를 하고 있다

떠난 사람아
어떻게든 행복하시라

제5부

덕천강 8

눈에 보이는 강물은 날 때부터
쪽빛으로 흐르는 줄 알았다
키의 서너 길이나 되는 강물 속을 훤히
자갈돌 드러내 놓고 햇빛 찰랑이는 물고기 떼들도
그냥 무심으로 굽이쳐 오는 줄로만 알았다

홍수가 덮쳐오는 어느 날
강물도 때로는 검거나 누우렇게
어쩌다가는 붉게도 흐른다는 사실을 알았다
강물은 물고기 떼들과 자갈돌들만으로 이루어지는
것 아니라
눈물, 콧물, 핏물같이 버려진 것들도 더러 섞여
흐르며 굽이치며 끝없이 자아낸 색깔이
쪽빛인 것을,

강물도 어떨 때는
숨어서 울음 울기도 한다는 것을 알았다
물길이 얼어붙어 잠 설치는 겨울밤이나

자갈돌들끼리 싸워 외로운 때에는 쪽빛을 껴안고
슬그머니 뒤꼍으로 나가 밤새 꺼억 꺼억
소리죽여 울음도 울어야한다는 것을
가슴에 이름 하나 묻고서야 알았다

백두산 기행
— 서파 2008년 7월 25일

길은 길대로 적막이다
비포장이거나
군데군데 털털거리는 땜방질
중앙선은 중앙선일 뿐
사람의 마음처럼 삶의 경계를 나누지는 못한다
단동丹東에서 800킬로미터를 달려 다시 찾은 백두산
맑은 하늘 아래
머얼리서도 백두白頭로 반짝인다
가까이 다가가서 보면
푸른 초원 위 휘황찬란한 야생의 꽃밭
천지는 단군檀君이 그린 위대한 한 폭의 그림
가득히 빛이 넘쳐
분단分斷의 안타까운 함성 하늘에 닿는다
비로소 정신의 근원을 찾아
맑은 물 한 바가지
정수리에 담는다

어머니

어머니 김해 김씨 삼현공파 점点자 덕德자
육신은 이승을 떠나신지 벌써 팔년 째
영혼은 지금도 이승을 떠돌고 계신다고
여자라고는 집안에 홀로 남은 형수가
용하다는 어느 스님께 들었다며
제발 영가 천도재나 한 번 올려드리자고,
박복하여 젊어서는 남편에게 버림받고
늙어서는 시어머니 기세에 눌려 이러지도 저러지도
못하시던 삶
운명하는 그날까지 나는 강 건너 불구경하듯 했네
그래요 형수가 날 받아 천도재나 한 번 지내 드립시다
이 말 한 마디로 나는 고개를 떨구며
죽어서는 자식들에게마저도 버림을 당하는구나 생
각을 한다
지지리도 복이 없어 한 평생 살다 그냥 가셨으면
기왕에 머얼리 머얼리 떠나가시지 않으시고
무슨 애지고 기막힌 사연 있다고 자식들 곁 못 떠나고
더 이상 무슨 미련 남았다고 이집 저집 기웃대고 있

으신지
　어머니 김해 김씨 삼현공파라는 것만 알뿐
　더 이상 남아있는 외갓집도 더 이상 알고 있는 소식도
　나에게는 이제 없는데,

장미꽃 지다

먹고 살아야지 하며
낮잠을 자는 사이

마당 온통
피를
뿌려놓았구나

詩

밥도
칼도 아닌

피와 땀
눈물로 영그는

영혼의
보석

봄날

굵고 짧게 살자던
맹세
다 잊었는지

풀잎
막 살아나네

봄날에 힘쓰다

지난겨울
굵고 짧게 살자던
맹세 다 잊었는가

풀일 먼저 불끈불끈 살아난다

지리산도 끙끙
함께 힘쓰는 봄

미황사운美黃寺韻

다도해를 건너온 바람마저 몸을 숨기는
땅끝마을 아름다운 절
미황사에서는 사람들이
이제 막 배에서 내린 달마의 모습으로
하염없이 서해노을 바라보는 재미가 있는데요
아름다워라 달마산 중턱 오르면
삶의 진면목을 불편한 세월 속에
맨몸 드러낸 채 서 있는 부도浮屠들이여
마을의 소울음 소리 끊긴지 오래건만 사람들은
이 땅끝마을까지 부처를 모셔와
천년을 하루같이 돌덩이로 세워놓았나니
정말로 아름다워라 그대에게
전하지 못하는 마음 하나
오늘은 미황사 노을로 붉게 잠기네

꿈과 희망은 밤하늘에 있다

온종일 찾아 헤매던 꿈과 희망이
밤하늘에 떠 있다

자동차들이 길거리를 점령하고
알레르기성 피부염처럼 영역領域을 확장해 가는
도시의 네온사인

지친 정신의 안식安息이 아침 산책이거나
책을 읽는 휴일이라면
우리가 정말 뛰어 놀고 싶은 곳은
산골의 밤하늘이다
보라 저 별빛들
이슬보다도 맑고 투명한 서정抒情으로
산등성이를 쓰다듬는 영롱함
사이 사이
미리내 미리내

허겁지겁 시간에 쫓겨 찾을 길 없는

꿈과 희망이
막버스를 타고 전부 산골로 달려와
밤하늘에 별들로 떠 있다

어머니, 시월+月입니다

오늘 하루 일용할 용돈과 일식할 양식은
모두가 하늘의 뜻임을 깨닫습니다 어머니
바람이 잔잔하고 알밤이 토실토실 익어 나뒹구는
시월+月입니다
혼자 남은 사람의 세상은
참으로 아름다운 풍경입니다
단풍이 드는 산과 들, 아주 낮게 숨을 들이마시며
나무마다 과일이 영그는 마을에는
이제 조금씩 사람들의 발자국소리가 붐빌 것입니다.
가로수와 노을도 알맞게 익은 얼굴로
저녁 늦게까지 길을 비출 것입니다
어머니 아직도 이승에 살고 있는 형제들은
강물이 들려주는 긴 여운을 끌고
한 번 더 궁륭 밖의 어머니를
불러보는 시월+月입니다

내 가난의 정체는

내 가난은
늘 비어 있는 호주머니 속이 아니고
아직도 이루지 못한 나만의 은밀한 가정도 아니다
지하도를 오르내리는 출퇴근길에서
오직 나에게 가난의 외로움을 확인시키는 것은
마음속에 진실로 사람을 사랑하는 삶이 없다는 것이다
더 낮고 더 어둡고 더 춥고
더 외로운 마을에 살고 있는 사람들을 찾아가
사람들의 마음속에
하나씩 촛불을 밝히고
그들의 언덕에 싹을 틔우는 한 알의 밀알이 되고
그들이 살고 있는 하늘에 한 송이 꽃이 되는
아름답고도 참다운 삶을
사랑하는 마음을 잃어버린 것이
내 가난의 정체다

제6부

길을 가다가 휴대전화를 받다

벌써 가을이 깊어진 것 같다고?
달빛이 하도 맑고 좋아서
강가에 마실 나왔다고?
달빛 때문에 잘은 보이지 않지만 별도 반짝인다고?
갈수록 물소리가 점점 크게 들리는 걸 보니
겨울이 오고 있는 것 같다고?

보름밤이라는데 달은 보이지 않고
별 없는 하늘에 네온사인만 어지럽다
구급차소리에 심장이 덜컥 떨어지는
이제 막 잔업을 끝내고 집으로 돌아가는 길
겨울이 오고 있는지?
가을이 다녀갔는지?

국밥집에서

쓸쓸함도 때로는 아름다움이 될 수 있을까
피하지 못한 운명의 손에 이끌려
도시의 후미진 뒷골목까지 흘러 온
깻잎은 깻잎대로
젓갈은 젓갈대로 김장 담겨져
후줄근한 삶의 한 끼를 때우기 위해
나무탁자 위에 앉힌 반찬들처럼 잔주름 진 얼굴이여
젊은 날의 사랑도 살아온 날의 그리움같이
뜨겁게 김을 내뿜으며 노을 끓어오르는 저녁이 되면
한 숟갈씩 퍼먹을 수 있는 양식이 될 수 있을까
해 짧은 겨울날의 하루가 덧없어
팍팍한 오후에는 국밥 한 그릇 받아놓고
막사발에 막걸리를 혼자 따르는
사나이의 흔들리는 어깨도
때로는 누군가의 아름다움이 될 수 있을까

백년해로百年偕老

늦은 저녁을 마을 앞 국밥집에 들러
국밥으로 때운다

창밖에는 TV화면 속에서 나온 낱말들이
입맛을 당기는 차림표처럼
건너편 의자에 앉은 노부부老夫婦의 드러나지 않은
일생처럼
바람에 나뭇잎 몇 장으로 날아다니고

이웃과의 사랑, 동남아 여행, 베트남 여자와의 결혼,
백두산 기행, 개성공단, 금강산 관광, 그리움…

여름내 파리 떼가 놀다 간 누우런 벽壁
〈百年偕老〉라고 써 붙인 누군가의 옛 맹서盟誓가
흐릿한 불빛 속에 아른거리는 이곳을
그이도 한 번쯤은 다녀갔을 것이다

그이가 사는 마을로 돌아드는
길목을 가로등이 환하게 비추고 있다

섬

외로운 사람들
홀로 휘파람 불며 낚시도 하고
그리운 사람들 더 머언 바다 쪽으로
그리운 눈길 주며 출항을 서두르기도 하고
하염없이 설운 사람들
어떻게든 힘내어 다시 시작해봐야지
불끈 두 주먹 쥐기도 하네

아직도 병이 깊은 사람들
드러누워 바위가 되기도 하고
기쁜 사람들
오랜만에 우리 만났으니
오늘은 소주나 한 잔 해야지
파도가 철썩이는 해안에
자리를 펴네

첫눈 오는 날에는

첫눈 오는 날에는
그 비구니 스님 생각이 난다
열여덟 살 여고 3학년 때 여승의 모습이 무작정
보기에 좋아 스님이 되었다던 그는
산 속에 누군가가 살다가 버리고 떠난 빈 암자를
지키며 혼자 살고 있었다

스님! 왜 이 외로운 산 속에 혼자 사십니까? 대중생
활도 할 만큼은 했고 환속을 하는 것도 별 재미가 없을
것 같고… 말끝을 흐렸다 그해 겨울 첫눈이 펑펑 퍼붓
던 날 스님은 눈 속에 파묻히는 산길을 혼자서 열심히
쓸고 있었다 스님! 눈은 뭔다고 치우십니까? 누가 절이
라고 찾았다가 쌓이는 눈 때문에 그냥 돌아가는 사람
이 있다면 그 사람의 마음이 어떻겠습니까? 했다 스님!
나같이 스님이 보고 싶어 찾는 사람이나 이런 암자를
찾을까? 이런 날 누가 또 암자를 찾아오겠습니까? 처사
님! 처사님 생각이 정말 그러하시다면 다시는 이 절에
오시지 않아도 됩니다!

그날 이후 나는
다시는 그 암자를 찾을 수가 없었고
그 스님 또한 어디에서도 본 적이 없다
해마다 첫눈이 오는 날에는
그 비구니 스님 생각이 난다

지리산智異山

　지리산은 말을 하지 않는다 풀 나무 꽃 바람 철따라
갈아 끼는 지리산의 하늘 지리산의 길은 말을 하지 않
는다 제석봉 고사목지대에 오르거나 천왕봉에 올라 일
출을 맞이해도 지리산은 말을 하지 않는다 하산 길에
장터목 계곡 홈바위 부근에서 잠시 발을 풀어도 너덜
겅 사이를 흐르는 지리산의 물은 말을 하지 않는다 지
리산에 들어가면 산은 말이 없고 사람들만 끼리끼리
모여 지리산을 이야기 한다 사람들만 산을 나와서도
한동안 지리산을 말할 뿐,

그립다그립다 노래를 하네

이른 봄 얼음이 풀리는
강둑을 지금쯤 걷고 있겠지
가는 허리
기인 검은 머리카락
어깨 너머
하루해는 또 붉게 타고 있겠지

휘어진 능수버들
바람이 일어
찰랑이는 물결 움트는 버들가지마다
바람이 일어
그립다그립다
휘파람 노래를 하네

꽃

아픔이 아픔으로

마음속에 자리할 때

슬픔이 슬픔으로

뼛속에 사무칠 때

눈물 아롱지는 길가에

산에

들에

불에 데인 흉터 같은

추억 속에 한 사람이 있었네

가서는
단 한 번 마을을 떠나가서는
돌아오지 않는 한 사람이 있었네

사랑하는 사람과
사랑하는 가족들
사랑해야만 했던 마을과의

돌아오마던 약속도 잊은 채
거짓말처럼
설운 이야기처럼

오고 싶어도
다시는 돌아올 수 없는 마을 당산나무에는
추억 속의 한 사람이 있었네

난중일기亂中日記 2

― 丁酉 六月 初二日辛酉 '或雨或晴 朝飯于丹溪 溪邊...'

징검다리를 건너기 전 아침밥을 먹는다
오랜 옛적 이곳은 약사여래불藥師如來佛이 살던 곳
배舟의 형국이라
물이 들어야 마을이 흥한다는 곳

동쪽 산 끝으로 햇살 스며드는 강변은
밤새 불어난 물만으로도 풍성한 밥상
지난밤은 참으로 지난했다
누더기 한 벌로 밤 빗소리를 가리기에는
애시당초 나에게 주어진 형벌刑罰

저 먼저 쓰러지는 노복奴僕들의 곤한 잠
속으로
바늘방석 생각은 자꾸만 허방다리를 짚고
떠난다는 인사도 없이 잠자리를 뛰쳐나온
백의종군白衣從軍의 새벽길

장마 속 잠시 비치는 아침햇살
한 그릇 공기밥 받아들고
북쪽 하늘 향해 어머니
어머니 약사여래불을 불러본다

세한도歲寒圖를 펼쳐보다

정신은 흐르는 강물처럼 올곧지 못하다
헐벗은 겨울나무 몇 그루 밤하늘 별빛 떠받치는
수계정 우거寓居에서
밤 깊도록 쉽게 잠들지 못한다
나뭇잎 쓸리는 소리에 몇 번을 뒤척이다
추사秋史 김정희金正喜는 아호雅號를 왜 가을의 역사
라 했을까
죽기 사흘 전에 썼다는 봉은사 판전版殿을 펼쳐보며
열 개의 벼루 천 개의 붓이면
나도 그리운 편지 한 줄을 쓸 수 있을까
징소리같이 산사의 종소리같이
경호강 강바람은 우우
밤 새워 얼어붙은 세상을 후려치는데,

'흉터'와 '꽃'의 사이

강외석(문학평론가)

1. 목련꽃 서설

까놓고 말하면, '해설'로 일컬어지는 시집 뒷글은 덕담 글이라는 혐의에서 자유롭지 못하다. 차라리 침묵으로 비워두고, '날 것' 상태의 텍스트와 독자와의 스킨십을 통한 소통의 깜냥에 맡겨두면 시의 힘이 더욱 배가될 것이라는 소신(?)을 견지했는데, 그 소신은 이번에 보기 좋게 엇박자가 나버렸다. 막무가내로 치고 들어온 시인의 뒷글 청 때문이다. 뒷글은 나의 능력 밖이라고 손사래를 치며 사양했지만, 끝내 사양의 뜻을 완강하게 관철시키지 못하고 용코로 걸려들었다. 하긴 수락의 이유는 있다. 그의 굴곡의 삶, 그러니까 겨울 된바람 속을 비틀거리며 걸어온 그의 삶에 어리는 어떤 변화의 기미를 읽었던 데 기인한 것 같다. 겨울 이후의 봄의 징후, 돌려 말하자면, 하얀 목련꽃으로 벙그는 그런 변화가 포착된 것이다.

연보에 나타난 그는 대학원 학력의 고급 인력이다. 그

104

런 그가 택한 세상일은 지금이야 '흰 와이셔츠에 붉은 넥타이'(「나의 비밀」)를 매고 산청문화원에 출퇴근을 하며 밥벌이를 하고 있지만, 한때 백수, 택시 운전기사, 막노동 등등, 도대체가 자신의 학력과는 접선이 안 되는 일들이다. 그리고 1993년부터 1997년까지 전국을 떠돌아다녔다는데, 넘치는 젊음의 객기 혹은 일상적 삶에 대한 권태, 아니면 삶의 거친 속살 체득의 만행이었는가, 여전히 미제로 남아 있는, 모를 일이다. 그의 나이 오십 줄, 몇 년 전 연하의 베트남 여인과 식을 올려 살고 있다는 소식에 이어 약간의 시차를 두고 날아든 풍문, 갈라섰다는 것이다. 그리고 그는 홀로 살고 있다. 나는 이 우여곡절의 개인사, 그의 삶의 이 단편적 팩트에서 된바람소리 거친 겨울을 떠올린다.

　　언제까지 이렇게 살거냐고
　　겨울 내내
　　언제까지 이렇게 살아야 하느냐고
　　언제까지나 이렇게 살 수 있을 것 같냐고

　　그대 치근대는
　　아침 뜨락

　　벙그는 목련꽃
　　한 그루

　　　　　　　　　　　　　　　―「목련꽃 한 그루」 전문

그도 그럴 것이, 언제까지 이 '겨울'을 이렇게 살 것인가. 이 물음이 '치근대는' 순간, 그의 눈앞에는 하얀 목련꽃이 벙글고 있다. 신기루일 수도, 환영일 수도 있지만, 자신의 곤고한 삶에 대한 인식적 물음 뒤에 그것이 나타났다는 것이 중요하다. 이제 그는 외롭고 쓸쓸했던 먼 길을 돌아 아침 뜨락에 벙그는 하얀 목련꽃을 바라고 섰다. 해서 이 글은 어디까지나 겨울을 끝내고 목련꽃 벙그는 봄 세상으로 가는 길목에 선 그의 인간적 삶의 역정, 이른바 '흉터'와 '꽃' 사이를 가로지르는 시인의 삶의 속사정을 읽는데 치중할 것이다.

2. 자화상의 흉터

'자화상' 하니 문득 1930년대의 이상이 생각난다. 그의 자화상은 「거울」(1933. 『카톨릭청년』)에서 그 편린이 잡힌다. 그것은 분열된 자아의 모습이다. 그 분열은 '악수를받을줄모르는' 왼손잡이에서 그 징후를 드러내고 '거울속의나를근심하고진찰할수없으니참섭섭하오'에서 극에 이른다. 이 분열상과 병적 징후, 이것이 이상의 눈에 진단된 자신의 실재이다. 따라서 자화상은 자신의 실재에 대한 인식이다. 그 실재는 솔직한 육성으로 자신을 충실하게 그리되, 왜곡시키지 않아야 한다는 기본 룰이 있다. 그래서 누군가의 자화상도 상처와 흉터, 치욕의 기록에서 자유롭지 않다. 한국 현대시사에서 '자화상'의 원조격인 미당의

치욕적「자화상」이, 그 뒤를 이은 각종 '자화상'이 그랬다. 양곡 시인도「나의 비밀」「자화상」외 상당수의 시편에서 자신의 부끄러운 상처의 흉터를 덧내어 헤집고 있다.

아픔이 아픔으로
마음속에 자리할 때
슬픔이 슬픔으로
뼛속에 사무칠 때
눈물 아롱지는 길가에
산에
들에
불에 데인 흉터 같은

— 「꽃」 전문

아픔과 슬픔, 눈물이 내적 검열을 거치지 않은 채 낭자하다. 감정에 완전 함몰된 모습, 이 시인은 감정 처리와 표정 관리에 미숙한 편이다. 자칫 태작으로 버려질 법했던 이 시가 살아남게 된 덕목은 '불에 데인 흉터' 같이 심하게 일그러진 '꽃' 때문이다. 그러나 '꽃'이 '흉터'가 되는 그 진원지는 쉽게 파악되지 않는다. 하긴 순탄하게만 피는 꽃이 어디 있으랴. 그 흉터의 배후에는 필시 어떤 우여곡절이 있을 것이다. 이 과도한 감정 배설이 독서를 불편하게 하지만, '흉터'에 잠복된 상처가 그에 대한 알리바이를 예비해 둔 것으로 짐작되니 잠시 매도는 유예해 두자. 다시 한 번, '흉터'에 주목하자. 흉터는 글자 그대로 상처의 흔적이다. 아픔과 슬픔이 뭉쳐 흉터가 되었을 것이다. 그에게 흉터를 남긴 이 낭자한 아픔과 슬픔의 출처는 어디인가.

흉터에 내장된 슬픔과 아픔에 대한 정보는 유년에서 발견된다. 유년의 기억은 대체로 견고하다. 아픔은 아픔으로, 아름다움은 아름다움으로 손괴되지 않은 채 저장되는 것이다. 그 유년기에 어떤 특정한 정서가 자리를 잡기 시작하는데, 유년기에 충격된 세계 경험과 집적된 세계 반응 위에서 정서의 기틀이 다져진다. 대체로 유년의 세계 경험은 육친과의 관계, 특히 어머니의 삶에서 영향을 받게 된다. 모성은 아름답다고 한다. 그것은 참일 수도, 참이 아닐 수도 있다. 어머니를 타자로 했을 경우에 그런 오류가 종종 발생한다. 오류의 결과는 의당 모성의 우상화이다. 그 우상화(신격화)를 위해 모성의 진면(眞面)은 의도적으로, 혹은 정치적으로 생략되거나 괄호로 묶이는 횡포를 당하기도 한다. 모성의 진면은 어머니의 전적인 희생과 고통을 담보로 한다. 그 모성의 진면을 위해서 우리는 아름다운 모성의 뒤쪽에 웅크리고 있는 모성의 또 다른 얼굴인 아픔과 슬픔과 통증까지 읽을 수 있어야 한다.

전통적 모성은 어머니라는 개인 자아가 소멸되는 지점에서 완성된다. 그러니 이별도, 버려짐도 다 감수하고 받아들여야 한다는 공리가 있다. '젊어서는 남편에게 버림받고/늙어서는 시어머니 기세에 눌려'(「어머니」) 살았던 시인의 어머니가 그랬던 것 같다. 그 어머니는 따뜻한 모성이기보다는 시인의 통증으로 기억된다. 그 통증으로 인해 떠나는 것들에 대한 다량의 시적 살포가 나타난다. '차창을 사이에 두고/손바닥 맞부비며 헤어지고 있'(「사설조」)는 남녀를 통해, '어디라 말하지 않고 날아가는 기러기'(「기러기」)를 통해, 심지어 「출항」에서는 자신마저 떠나고자 하는 욕망을 적나라하게 드러낸다.

> 호롱불 밝혀 놓고
> 밤 새워 물레를 돌렸다
>
> 할아버지는 나의 첫돌이 되자마자
> 다른 세상으로 가셨고
> 오일장을 다니시는 아버지가 며칠 째 기별이 없는 집을
> 물레가 지켰다
>
> 할머니와 어머니는
> 자주 삐거덕거렸다
>
> 실타래처럼
> 나는 하얀
> 아침을 맞이하곤 했다
>
> —「물레」 전문

　한국 여인의 일상은 시지프스적이며, 천일야화의 담론 특징을 지닌다. 바윗돌을 굴려 올리며 허망한 노역을 반복하는 시지프스의 지루한 일상이 보이고, 죽음을 유예시킬 이야기를 밤새워 구연하는 세헤라자드의 누적된 피로

가 겹쳐 나타나기 때문이다. 어머니는 '가서는/단 한 번 마을을 떠나가서는/돌아오지 않는 한 사람'(「추억 속에 한 사람이 있었네」)의 부재로 인해 부역된 물레를 밤 새워 돌린다. 어머니의 그 물레는 시지프스의 바윗돌이며, 세헤라자드의 끝없는 이야기와 상동적이다. 그래서 어머니의 물레는 끝없는 노역과 허망한 기다림의 우울한 아이콘이다. 해서 물레는 밤을 새워 뽑아낸 '실타래처럼 하얀 아침'의 고단한 노역과, '살아서는 못 다한 말씀'(「북소리」)에 은폐된 각종 금기를 담보하고 있다. 인종과 금기로 직조된 어머니의 물레는 그래서, 시인의 트라우마(trauma)이다. 이 트라우마가 그의 슬픔과 아픔의 만성병질적 징후의 배후로 검출된다.

성장한 이후, 흉터의 원인 제공으로 지목되는 세목은 실연이다. 실연은 사랑의 잃음이고 버림받음이다. 그리고 그것은 심각한 내상을 남긴다. 그 점에서 시인과 어머니는 서로 유전적 관계에 있다. '물레'에 내장된 어머니의 한이 시인에게 유전되어 그로 하여금 눈물을 잣게 하기 때문이다.

사랑을 잃고 나는 우네
안개 속에서
길을 잃고 나그네처럼
젖은 머리카락 손으로 빗질하며
나는 우네

그대가 남긴 손수건 한 장
호주머니 속에서 만지작거리며
집 잃은 아이처럼
길 위에 서서 나는 우네

　　　　　　　　　　　—「사랑을 잃고 나는 우네」 부분

　눈물의 시인, 시인은 아주 치명적인 사랑을 했던 것 같다. 치명적인 사랑은 신파적이다. 안개의 영상적 장치, 젖은 머리카락 손으로 넘기는 장면, 그녀의 손수건을 만지며 방황하는 주인공의 모습은 신파극의 진부한 전형이다. 이 시인에 관한 미스테리 중 하나, 기본 내공을 갖춘 그가 이 진부한 구도의 시를 쓰다니…. 기형도는 '사랑을 잃고 나는 쓴다'고 하여 '쓰기'라는 행위를 통해 정서의 객관적 제어를 꾀했는데, 이 시인은 대책 없이 눈물에 함몰되고 있다. 아무래도 그의 깊은 무의식 속에 가라앉아 있는 선병질적 슬픔 때문이다. 실연 이후 그의 눈물의 행적이 묘연하다.

　잠시 필름이 다하고 다시 필름을 갈아 끼워 그의 행적을 찾으면, 어느 허름한 국밥집 상머리에 돌아 앉아 '후줄근한 삶의 한 끼'를 때우고 있는 시인이 나타난다. 사정은 별 달라진 게 없어 보인다. 그의 초라한 어깨는 흔들리고 여전히 쓸쓸하다.

　쓸쓸함도 때로는 아름다움이 될 수 있을까
　(…)

후줄근한 삶의 한 끼를 때우기 위해
나무탁자 위에 앉힌 반찬들처럼 잔주름 진 얼굴이여
젊은 날의 사랑도 살아온 날의 그리움같이
뜨겁게 김을 내뿜으며 노을 끓어오르는 저녁이 되면
한 숟갈씩 퍼먹을 수 있는 양식이 될 수 있을까
해 짧은 겨울날의 하루가 덧없어
팍팍한 오후에는 국밥 한 그릇 받아놓고
막사발에 막걸리를 혼자 따르는
사나이의 흔들리는 어깨도
때로는 누군가의 아름다움이 될 수 있을까
　　　　　　　　　　　　　　　—「국밥집에서」 부분

　시인의 쓸쓸함은 집요하다. 그의 집요한 쓸쓸함은 운명
이다. 운명을 들이대지 않고서는 지긋한 오십 나이에도
'하늘의 소리'(「자화상」) 듣지 못하고 혼자 살면서 국밥으
로 끼니를 때우는 이런 궁상을 해명할 길이 없다. 외로움
은 혼자 밥을 먹는 데에서 절절해진다. 외로움으로 혼자
초라한 밥을 넘겨 본 사람이라면 이 시인의 외로움과 쓸쓸
함에 밀착, 동행할 수 있으리라. 그러나 '젊은 날의 사랑'
으로 환기되는 과거 집착은 바람직하지 않다. 그의 시에
서 과거는 그의 시를 빈약하게 하는 치명적인 독일 수 있
다. '양식'이 될 수 있을까 했지만, 그의 시와 삶, 모두의
'양식'이 될 수 없음은 자명한 일이다. 이제 탈과거의 용
단을 내려야 하고, 다른 타개책, 다른 묘수를 찾아야 할 듯
하다. 그 자신이 흉터이고 꽃이며, 그 자신의 흉터가 꽃으
로 전이되는 연금술적 변주 속에 타개책이 있을 터, 그의

삶에 어떤 변화가 모색되고 있다는 암시인 것, 그의 '자화상'에도 변화의 물결이 밀려오고 있다.

3. 사람에게 가는 길

「국밥집에서」에서 '쓸쓸함'이 '아름다움'이 될 가능성을 타진했지만, 행여하는 요행을 버려야 하리라. 오래 전, 허수경이 '슬픔만한 거름이 어디 있으랴'고 했을 때, 그것은 횟수작도, 말 희롱도 아니었다. 진정한 슬픔과 아픔만이 인간과 세계를 사랑할 수 있을 힘이라는 것이었다. 이렇게 시인도 쓸쓸함을 거름으로 발효시켜 자신의 삶과 세계를 사랑해야 하는 과제가 남아 있다. 그러기 위해서는 먼저 그에게 어떤 변화가 있어야 할 터, 다행히 그런 변화의 기미와 노력의 징후는 '다리'를 건너 사람들에게 가고 있는 시인의 행보에서 발견된다. 그가 기대한 바, '쓸쓸함'이 '아름다움'이 될 수 있다면, 바로 이 지점에서 가능하리라. 쓸쓸함과 슬픔으로 속울음을 삼키는 사람들 속에 편입되어 그도 같이 다리를 건너가야 한다. 가서 그들과 부대끼고 말을 건네며 따뜻하게 섞여 살면서 그들의 삶의 명암을 읽는 것이다.

사람들이 사람들에게로 가고 있네
누군가로부터 내팽겨쳐진 삶
온 몸으로 그림자 끌며 밀며

뜨거운 가슴 애써 옷깃 여미며
어떤 이로부터 실패한 하루가
우산을 접어든 채 레인코우트깃을 세우며
한 목숨이 한 목숨에게로
불빛 하나가 불빛 하나에게로
흐르는 강물 하염없이 쳐다보기도 하면서
하루에도 몇 번씩 마음 속 죽음과의 교감
슬픔은 저마다 속울음 삼키며 사람들이
다리를 건너 사람들이 살고 있는
마을로 가고 있네

—「다리」 전문

'다리'는 연결이자 건너감의 발판이다. 이쪽 세계와 저쪽 세계, 곧 이질적 세계를 연속적으로 이어주는 통로가 되며, 이쪽 세계와 결별하고 저쪽 세계로 넘어가서 변신하는 메타적 의미를 지닌다. 그들은 '내팽겨진 삶'과 '실패한 하루'로 인해 심각한 내상을 입은 '목숨'들, 곧 '흉터' 투성이의 사람들이다. 또 그들은 하루에도 몇 번씩 마음 속으로 '죽음과의 교감'을 하는, 삶과 죽음의 경계에 선 사람들이다. 시인도 이들과 다른 처지에 있지 않다. 그래서 시인과 이 사람들은 의기투합, 상처를 공유한, 서로 낯익은 '우리들'이 된다. '우리들'이 되어 서로 부축하고 밀고 끌면서 슬픔과 눈물의 세계를 결별하고 소외를 넘어 '다리를 건너 사람들이 살고 있는 마을로 가고 있'는 것이다.

그 마을은 어떤 마을인가. 어떤 마을이기에 상처를 입은 '우리들'이 어깨를 나란히 서로 걸고 가는 것일까. 이렇게 추정해 보면 어떨까. 꽃과 과일, 텃밭의 채소, 털복숭이 삽살개, 타작마당의 아이들, 흰수염의 노인, 툽상스럽게 생긴 남정네와 아낙네, 다닥다닥 돌담으로 맞붙은 집들, 골목길, 그 사이를 왁자지껄한 사투리가 한 동심원을 이루어 몰려가면서 때로는 소란하고, 때로는 적막강산이 되는 그런 유토피아가 아닐까. 그는 '아름답고 참다운 삶/사랑하는 마음'(「내 가난의 정체는」)의 세계를 간구하지 않았던가. 그 삶과 마음이 채곡채곡 쌓여져 지층화되어 있어 발굴 가능한 그런, 부재하면서 어딘가에 현존하는 그런 세상일 것이다. 그런 세상이 어디에서, 어떤 모습으로 시인을 기다리고 있는가. 다음 시에서 그 세상의 일단이 드러난다.

> 입춘 지난 해는 점점 길어져
> 한낮에는 앞이마가 따뜻해지는 하루였다
> 십리나 시오리 길을 새벽같이 걸어
> 오일장에 온 사람들 벌써
> 돼지국밥 한 그릇 막걸리 한 사발로
> 붉게 저무는 하루치의 산그늘을 아쉬워했다
> 하루해는 그래도 채워야 한다는 듯 장바닥을
> 어슬렁거리는 남정네들
> 투전판이나 어물전 근방으로 몰려다니기도 하고
> 아낙네들 티밥이나 건어물 같은 것들 머리에 이고
> 이미 불콰해진 남정네들 찾아
> 주막이나 국수집의 여기저기

기웃대기도 했다
해 지기 전에 서둘러야 할 장짐을 꾸려
집으로 돌아가는 걸음발을 내딛어야 할
설밑의 대목 장날이었다

—「덕산 장날」 전문

　시인이 발품을 팔아서 다리를 건너 찾아든 세상의 풍경이다. 이 곳은 오래 전에 문명화된 현실이 침투하면서 우리가 자의로, 혹은 타의로 방출했던 낡고 뒤처진 곳이다. 난전에 쌓인 풍성한, 그러나 한물간 각종 물건들, 좁은 장바닥을 오가며 흥청대는 장꾼들, 억센 사투리로 와자지껄하게 물건 흥정하는 소리들, 한동안 우리가 망각했던 풍경과 소리들이다. 그런데 이 와중에 신경림이 자꾸 나타나 어른거려 신경이 쓰인다. '덕산 장날'이라고 못을 박았지만, '농무'나 '목계장터'에 나타난 장날의 풍경과 변별되는 지점이 크게 발견되지 않는다. 돌려 말하면, '덕산 장날'은 이 시인의 창법과 목소리가 신경림, 고은(고은도 장날에 대한 시적 관심을 수차 보인 바 있다.) 등에 매몰되어 여느 장날과 진배없는 범상한 장날이 되고 있는 것이다.

　장날에 인접한 풍속의, 삶의 오랜 터전 발견은 아무래도 복고적이다. 1950-60년대 적 시골 장날, 혹은 오래된 세계의 풍경을 복원하는 데 동원된 언어 또한 다분히 복고적이다. '십리 혹은 시오리길, 오일장, 돼지국밥, 투전판, 어물전, 주막, 장짐' 등등의 언어들은 과거 복원의 키워드로 기능한다. 시인에게 탈과거를 요구했지만, 그가 사람들이 사는 세상으로 진입하는 길로 이 과거적 세계를 지목한 이상, 탈과거의 요구는 무효 처리되고 만다. 그가 바랐던 '아름답고 참다운 삶/사랑하는 마음'이 그 세계 속에 있다고 판단한 듯하다. 특히 설날은, 그리고 설밑의 장날은 그 세계의 기표로 작용한다. 그에게 있어 설과 장날은 불화에서 화해로, '혼자'에서 '여럿'으로, 소외에서 공존의 장으로 나아간다는 변증적 의미가 있다.

덕산 장터에는 인간적 기대치가 따로 없는 거저 무명의 '남정네들'과 '아낙네들'만이 있어 친밀과 공감의 수평적 연대가 이루어진다. 그들은 이미 '우리들'이다. 시적 주체는 어딘가에 숨어 이들을 응시하고 있지만, 이 응시만으로도 그 역시 슬그머니 이들 사이로 편입되고 있는 장면이 목격된다. 장짐을 꾸려 귀가를 재촉하는 이들과 같이 시인도 설밑이라 모여든 형제자매를 만나 따뜻한 이야기보따리를 펼치며 설밑 밤을 하얗게 새우리라. 그리고 다음 장날에는 혼자 국밥집에서 '후줄근한 삶의 한 끼'를 때우는 그가 아니라, 막걸리 한 사발에 불콰해진 남정네들 틈에 섞여 불콰해진 얼굴의 그를 만나게 되리라.

4. 목련꽃 벙그다

이렇게 해서 시인은 한때 낭자한 슬픔과 아픔으로 흉흉했던 '정신'을 '말갛게 비운' 맑은 상태가 되어 '겨울의 끝'(「향일암 동백꽃」)에 서 있다. 이제 그의 겨울도 끝이 나는가. 비우는 마음 수련이 끝나면 세상의 아름다움을 격의 없이 수용하는 마음이 열린다.

> 아름다워라 달마산 중턱에 오르면
> 삶의 진면목을 불편한 세월 속에
> 맨몸 드러낸 채 서 있는 부도들이여
> 마을의 소울음 소리 끊긴지 오래건만 사람들은
> 이 땅끝마을까지 부처를 모셔와
> 천 년을 하루같이 돌덩이로 세워놓았나니
> 정말로 아름다워라 그대에게
> 전하지 못하는 마음 하나
> 오늘은 미황사 노을로 붉게 잠기네
>
> ─「미황사운」 부분

구멍난 타이어의 바람처럼 간단없이 새어나오던 눈물이 제거되어 단단해졌다. '그대에게 전하지 못하는 마음', 곧 '사랑'을 '미황사 노을'로 전격 처리한 것은 그 징표이며, 감정 제어에 실패하여 시의 격을 저하시켰던 그간의 나쁜 시적 고질에서 보면 상당한 진전이다. 그는 거듭 아름답다고 했다. 그 거듭 아름다움의 인식 대상은 '부도'와 '미황사 노을'인데, 이 둘은 소멸의 이미지이면서, 동시에 영원의 의미가 있다. '천 년'을 경첩으로 해서 부도와 노을이, 그리고 소멸과 영원이 연속적으로 겹쳐진다. 그대를 향한 열병도 '삶의 진면목'을 맨몸으로 드러내고 있는 '부도'에 대한 인식으로 인해 '미황사 노을'의, 역설적이지만, '적막한 삶의 관음'(「향일암 동백꽃」)에 이르고 있다. '흉터'가 '꽃'이 된 놀라운 변주에 대한 알리바이이다.

　한때 슬픔과 아픔의 상처를 안고 비틀걸음을 걷던 그는 태어나서 성장한 지리산 자락의, 사시장철 '마음속을 흐르는 강'(「덕천강」.7)인 덕천강변에서 안정된 걸음으로 자신의 길을 가고 있다. '쓸쓸한 추억의 유년'과 실연의 아픔을 가졌던 그이기에, 또한 내일조차 '아득하기만 안개'(「나의 비밀」) 속이어서 앞날에 대한 전망이 별로이긴 하지만, 힘에 부치는 겨울 빙판길을 걸어온 그였기에 향후 그의 시와 삶의 길에 '그리운 편지 한 줄'(「세한도를 펼쳐보고」) 부칠 수 있을 '목련꽃 벙그는' 환한 세상이 백년의 약속처럼 나타나리라 믿는다.

　그리고 그에게 꼭 해야 할 고언이 하나 있다. 언어 지층의 문제인데, 대체로 그의 시의 약점이자 걸림돌로 지목된 것은 언어의 밑이 다 보이는 투명한 사유였다. 그의 삶에 대한 확고한 태도 표명과 육성이 지나치게 산문적으로, 혹은 일상적인 범주 안으로 흘러간 데에서 그 문제의 꼬투리가 포착된다. 어쨌거나 시를 해치는 독이 되리라는 것, 나아가 시인으로서의 그의 신상에도 크게 이로울 것이 없다는 것, 그리고 종국에 인간과 세계와의 소통 창구인 그의 시가 더욱 깊어지기를 바라는 마음에서도 이 췌언을 멈출 수 없다. 이후 그의 언어에 '흉터'가 '꽃'으로 변주된 것에 상당하는 그런 변화가 꼭(!) 있기를 기대한다.

열린시학 시인선 52

길을 가다가 휴대전화를 받다

초판 1쇄 인쇄일 · 2009년 06월 23일
초판 1쇄 발행일 · 2009년 07월 01일

지은이 | 양곡
펴낸이 | 노정자 · 정일근
펴낸곳 | 도서출판 고요아침
편 집 | 김남규

출판 등록 2002년 8월 1일 제 1-3094호
120-814 서울시 서대문구 북가좌동 328-2 동화빌라 101호
전화 | 302-3194~5, 3144
팩스 | 302-3198
E-mail | goyoachim@hanmail.net

ISBN 978-89-6039-225-0(04810)